NORMAN BRIDWELL
Bertrand
grandit

Texte français de Christiane Duchesne

Les éditions Scholastic

Données de catalogage avant publication (Canada)

Bridwell, Norman
  Bertrand grandit

(Bertrand, le gros chien rouge)
Traduction de : Bertrand grows up.
ISBN 0-439-98539-0

I. Duchesne, Christiane, 1949-   . II. Titre. III. Collection :
Bridwell, Norman. Bertrand, le gros chien rouge.

PZ23.B75Berh 2000   j813'.54   C00-930931-4

Bonjour! Je m'appelle Émilie
et je veux vous montrer
les meilleures photos
de Bertrand, mon gros
chien rouge.
Vous allez voir comme
il a grandi!

Quand Bertrand était bébé,
il était si petit que je le nourrissais
avec le biberon de ma poupée.

Si petit que je l'habillais
avec les vêtements de ma poupée.

Il avait la taille parfaite pour s'asseoir dans ma petite voiture électrique.

Il adorait se cacher dans ma maison de poupée.

Il fallait que je joue
gentiment avec Bertrand.

Même le plus petit collier de chien était trop grand pour lui.

Et quand il a commencé à manger de la nourriture pour chiens, je devais le surveiller sans cesse.

Le jour de la première neige
a été toute une aventure!

Voici la photo du bonhomme de neige que j'avais fait avec mon ami. Je voulais que Bertrand soit sur la photo avec le bonhomme de neige. Mais tu sais quoi?

Il y était!

Bertrand s'égarait toujours.
Un jour, il s'est perdu au bureau de poste.
Avez-vous vu mon petit chien rouge?

Tout le monde était très content de le retrouver!

Ici, je prépare des cartes de Saint-Valentin.

Quand l'été est arrivé, Bertrand courait après les oiseaux. Heureusement, il n'en a jamais attrapé un!

À l'automne, Bertrand courait après les feuilles.
Il avait un plaisir fou!

Ici, Bertrand joue au football.

Il a même compté un but!

À l'Halloween, Bertrand a bien
aimé la citrouille illuminée.

Je n'avais jamais vu
un si petit fantôme...

C'est alors qu'il a découvert les pommes au caramel.

C'était plutôt collant!

Bertrand m'a aidée à envelopper
les cadeaux de Noël.

Son premier cadeau de Noël, c'était un os énorme!

Au jour de l'An, quelle belle surprise!
Bertrand a enfin commencé à grandir.

Il a grandi encore…

Tellement, que nous avons dû déménager
à la campagne. Voici le jour du déménagement.

Ici, c'est mon Bertrand adulte, tel qu'il est aujourd'hui.
Je l'aime, mon gros chien rouge!